모든 것이 마법처럼
괜찮아질 거라고

모든 것이 마법처럼
괜찮아질 거라고

초판 1쇄 발행 2018년 10월 23일 **초판 12쇄 발행** 2024년 9월 2일

지은이 제딧
펴낸이 최순영

출판1 본부장 한수미
라이프 팀장 곽지희
디자인 designbigwave

펴낸곳 ㈜위즈덤하우스 **출판등록** 2000년 5월 23일 제13-1071호
주소 서울특별시 마포구 양화로 19 합정오피스빌딩 17층
전화 02) 2179-5600 **홈페이지** www.wisdomhouse.co.kr

ISBN 979-11-6220-924-0 03810

모든 것이 마법처럼
괜찮아질 거라고

글·그림 **제딧**

위즈덤하우스

같이 걷고 싶습니다

첫 장을 그릴 때를 떠올립니다.

흰 화면을 한참 동안 바라만 보고 있었던 시간을요.

무엇을 그릴까? 어떤 이야기를 그릴까?

제가 그린 그림 속 인물들은 늘 행복한 동화나라에 살고 있지는 않습니다. 우리처럼 조금은 불안하고 두렵지만 희망을 찾아 떠날 채비를 하는 중이거나 행복한 순간을 꿈꾸고 있습니다.

뒷모습을 그리는 것을 좋아합니다. 등 너머를 바라보게 하는 그림을 그리고 싶기 때문입니다. 그 뒷모습은 우리의 모습일 수도 있겠지요. 그림 속에서 자기만의 이야기를 찾으셨으면 좋겠습니다.

밤이 되면 찾아오는 검푸른 시간을 생각합니다. 우리를 천천히 적셔 빠져나오지 못할 수렁에 빠뜨리는 듯한 순간을요.

하지만 어김없이 아침은 찾아와요. 해가 밝게 빛나고 햇살에 사물들이 눈부시게 흔들리는 순간은 얼마나 아름다운지요. 가장 밝은 별을 보기 위해서는 가장 어두운 밤이 필요합니다.

아름다운 시간을 찾아가는 여정이자 반드시 찾아올 햇빛을 기다리는 이야기들을 준비해보았습니다. 깊은 밤을 함께 지새워줄 이야기, 달빛을 불빛 삼아 걷는 밤 산책에서 도란도란 들려주는 이야기들입니다.

'같이 걷는다.'

라는 표현을 자주 씁니다. 그림을 그리다 보면 아주 만족스러운 날도, 그렇지 않은 날도 있습니다. 함께 걷는 여러분의 나날들도 그럴 거라고 생각합니다.

힘을 내서 한발 더 내딛어봐요. 어느 날 뒤를 돌아보면 발자국이 길처럼 남아 있겠지요. 그 광경은 틀림없이 아름다울 것입니다.

제 작은 우주로의 초대를 기꺼이 수락해주셔서 기쁩니다.
생각이 나면 들러주시고, 또 함께 대화를 나눠주세요.
저는 언제나 이곳에서 기다리겠습니다.

제딧 드림

차 례

같이 걷고 싶습니다　　　4

작은 행복	10	따뜻한 밤	38
어떤 문	12	여유	40
나의 우주	14	양초 아이	42
당신의 정원	16	햇살	44
구름고래	18	같은 풍경	46
흐린 날에 보내는 편지	20	노란 종이배	48
첫 장	22	달 아이	50
믿음	24	여름 모퉁이	52
빗소리	26	푸르름	54
당신의 계절	28	내일은	56
생각 낚시	30	너의 별	58
침대 맡 이야기	32	초대	60
고요한 시간	34	어떤 위로	62
소중한 순간	36	꽃길	64

부르는 목소리   66

길잡이 별   68

나아가는 길   70

우주에서 온 편지   72

긴 여행   74

마음   76

희망   78

분홍 꿈   80

낯선 편지   82

시작점   84

지나쳐버린 위로   86

햇살의 노래   88

어느 그리움   90

달에게서 받은 답장   92

꿈 끝의 너   94

어떤 의문   96

고양이의 위로   98

함께   100

비밀 정원   102

혼자서   104

바다를 사랑한 별   106

바람에 띄워   108

파도   110

사막의 장미   112

비 그친 다음   114

인형들의 이야기   116

꽃다발   118

문   120

이유가 없어도   122

바다 위의 노래   124

별무리   126

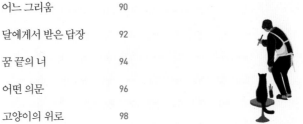

하루의 끝　162

너에게　164

기다림　166

요정의 춤　168

날아가다　128　불시착　170

찬란한 끝　130　꿈의 거리　172

어딘가에 있을 너에게　132　평범한 마법　174

웃음소리　134　회전목마　176

빗줄기가 멎어들 때　136　헤어짐　178

특별한 순간　138　영원　180

약속　140　듣고 싶은 위로　182

산책　142　꽃　184

행복　144　따뜻한 약속　186

고양이의 여행　146

어떤 깨달음　148

새싹　150

바람을 타고　152

가보지 않은 길　154

잊어버린 꿈　156

새벽　158

우물　160

소원 188

추억 190

별 너머 192

마법 194

시간을 걷다 196

대화 198

음악 200

각자의 영화 202

비밀스러운 초대 204

너와 나의 밤 206

훌륭한 어른 208

작은 곳에도 210

가로등지기 212

봄비 214

마음속 아이 216

이별 218

느린 잊음 220

끝을 향해 222

가장 예쁜 것 224

일상을 나누다 226

어떤 꿈 228

바람 230

멀리 멀리 232

사소한 대화 234

마지막 정류장 236

종이 비행기 238

작은 행복

세상이 아름답다고 느껴질 때
춤추고 노래해요.

작은 것들을 아끼고
햇살을 더 힘껏 사랑해요,

우리.

어떤 문

작은 문을 지나면 어디든 갈 수 있어요.
거긴 우리만 아는 공간이에요.

가장 행복한 순간의 앨범을 꺼내볼 수 있는.

나의 우주

○

○

○

"이것 좀 봐."
어두운 다락방 안에서 아이는 상자를 열었습니다.

"나의 우주로 초대할게요."

당신의 정원

당신이 생각날 때마다
꽃을 심었고

이내 이렇게 예쁜 정원이 되었어요.

구름고래

구름 너머를 헤엄쳐 가는

———

구름고래를 보았니?

흐린 날에 보내는 편지

조금만 기다려요.
햇살을 가지고 갈게요.

축축한 물방울도
깊은 물웅덩이도
반짝이게 될 테니까요.

첫 장

첫 장은 늘 설레지요.

아무도 밟지 않은 눈길 위에
발을 올리는 것만큼요.

믿
음

그녀는 하늘을 올려다보았고

모든 것이 마법처럼
괜찮아질 거라고 확신했다.

빗
소
리

우리는 많은 말을 하지 않았습니다.

말의 공백은 빗소리로도 충분히
메울 수 있었기 때문입니다.

당신의 계절

당신의 계절이에요.

불어오는 바람과 흩날리는 꽃잎들과 눈부신 햇살.

이 모두가 당신 것이에요.

생각 낚시

피어오르는 생각들을
건져 올리는 시간.

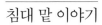

침대 맡 이야기

큰 달이 뜨면
겁 많은 늑대가
달빛 아래에서
위대한 모험담을 듣는단다.

글자를 모르는 소년은
빈 종이를 열심히 읽어 내려가지.
글자가 아닌 서로의 눈을 더 들여다보도록.

달이 유난히 밝게 뜨는 이유는
그 때문이란다.

고
요
한
시
간

하루의 끝이 지나가는 것을
바라보았습니다.

다시 돌아오지 않을
시간들을 생각했습니다.

세상의 고요한 움직임을
오도카니 바라보았습니다.

소중한 순간

○

○

○

아주 작아졌을 때만
마주칠 수 있는 소중한 순간들이 있어요.

따
뜻
한
밤

너를 생각하면 따뜻함이 밀려왔고

덕분에 나는
이 캄캄한 밤을 보낼 수 있었어요.

여유

내가 바라는 여유는
그리 대단한 것이 아니에요.

길가에 잠든 고양이에게
눈인사를 건네고,
깨지 않게 조심스레 문을 열 수 있는 정도면 돼요.

양초 아이

넌 정말 반짝반짝 빛나는구나!

양초 아이는 지금껏
자기만큼 밝은 것을 보지 못했거든요.

햇
살

당신에게 보낼 햇살을
이만큼이나 가져온걸요!

❀

이 햇살은 당신을 웃음 짓게 할 거예요.
그것은 그리 어려운 일이 아니죠.

같은 풍경

하늘과 땅을 구분하기 어려울 정도로
흩어져서 빛나더라. 어지러웠지.

하지만 네 별이 가장 밝게 빛났거든.
그래서 길을 잃지 않을 수 있었어.

노란 종이배

어젯밤 잠든 네 옆에 누워 꿈을 엿보았지.
너른 하늘에 노란 종이배가 가득 날리는 꿈이었어.
그것을 가만 들여다보니
어쩐지 울고 싶은 기분이 되어버렸단다.

너의 밤이 슬픔으로 잠기지 않게 손을 잡아줄게.
검푸르게 잠긴 밤을 걷어내고
노란 별이 가득 뜬 하늘을 함께 바라보자.

달
아
이

달 아이가 있었지.
"달을 따라갈 거야."
아이는 늘 말하곤 했어.

아이가 사라진 후에 모두가 입을 모아 말했지.
그 아이는 달을 따라간 거라고.

여름 모퉁이

모퉁이를 돌면
놀라운 만남이 기다리고 있을 것만 같았던

○

○

○

한여름 오후.

푸르름

가장 푸른 기억 속에서 기다릴게.
네가 더 이상 외롭지 않기를 바라.

내일은

오늘 속삭였어요.
"아름다운 내일이 될 거야."

오늘의 세상은
조금 슬프고 애처로웠거든요.

너의 별

당신의 창가에도
풍경이 스며들고 있을까?

우리는
같은 하늘을 보고 있을까요.

초
대

비록 작고 초라한 세계이지만

언젠가 당신에게도
이 풍경을 보여줄 수 있으면 좋겠어요.

어떤 위로

모든 게 나쁘게 느껴질지라도
반드시 좋은 순간과 마주칠 거예요.

그 순간을 꿈꿔요.

꽃길

노란 꽃을 그려 보낼게요.
향기와 햇살을 담아서요.

언젠간 노란 꽃이 핀 길을
함께 걸을 수 있도록.

부르는 목소리

끝 모르게 가라앉고 있을 때
네 목소리가 들렸지.

덕분에 나는 다시 힘껏 위를 올려다봤어.

길잡이 별

☆
☆

우리는 땅에서
빛나는 길잡이 별을 찾았지요.

나아가는 길

그것은 고독한 길이었지만
이상하게 외롭지 않았습니다.

도달하려는 곳이
있었기 때문입니다.

우주에서 온 편지

안녕 그대여,
나는 지금부터 우주 저 너머로 떠날 겁니다.

당신의 편지에는 늘 별가루가 묻어 있었지요.
그것은 내 가슴을 뛰게 했답니다.

긴
여행

어젯밤 나는
부유하는 고래를 보았어요.

누군가
긴 여행을 하고 있다는 뜻이겠지요.

마음

마음들에게 물을 주었더니
싹이 트고 꽃이 피었어.

이건 내 마음이야.
줄곧 네게 보여주고 싶었단다.

따뜻하고 부드럽지.
내가 널 생각할 때 느낀 감정 그대로야.
마음은 거짓말을 하지 않으니까.

희
망

문을 열었더니 빛이 들어왔어요.
아주 조그만 빛이었지만.

곧 활짝 열 수 있을 거예요.
희망은 그런 데서부터 시작하거든요.

분홍 꿈

잠든 아이의 꿈은
온통 분홍빛이었답니다.

낯선 편지

닿지 않을 마음의 조각들을 모아보았어요.
초록이 울려 퍼지는 계절 한가운데에서

나는 지금 당신을 생각하고 있습니다.

시작점

해가 뜨는 곳으로 향할 거예요.

그곳은 어떤 모습일까요.

지나쳐버린 위로

마음도 건져 올려 들여다볼 수 있다면
얼마나 좋을까요.

지나쳐버린 마음들도
분명 위로가 필요할 테니까요.

햇
살
의
노
래

빛이 들어오는
건반을 따라 연주를 시작했어요.

우린 햇살의 노래를
따라 부르고 있었던 거예요.

어느 그리움

우리는 어떻게 가보지 못한 시간,

가본 적 없는 장소를 그리워할까요?

이것도 내가 모르는

세상의 어떤 비밀일까요?

달에게서 받은 답장

매일 밤 달에게 편지를 보냈어요.

어슴푸레한 새벽이 오고
사물이 자기 색깔을 찾아갈 때,
그것이 답장임을 깨달았습니다.

꿈
끝
의
너

따뜻한 꿈 끝에 서 있을
너를 만나러 왔단다.

어떤 의문

우리는 무엇을 위해
그렇게 달렸던 걸까?

그 답 을 찾 을 수 있 을 까 ?

고양이의 위로

"내일의 너를 걱정하는구나, 친구.

고양이들은 내일의 먹이와 내일의 놀이를 걱정하지 않아.
하지만 네 걱정들이 틀린 건 아냐.

내일을 걱정하는 것이
네가 인간답다는 가장 큰 증거니까."

함께

맞잡은 손은
무척 따뜻해서 안심이었다.

우리는 별의 탄생을,
빛남을,
스러짐을 함께 지켜볼 거야.

☆
☆

비밀 정원

당신은 손에 잡힐 듯 잡히지 않을 듯
정원 너머로 사라졌어요.

그리하여 나는 오늘도
머나먼 당신의 세계에 손을 뻗고
어른거리는 햇살을 잡고 싶어 합니다.

혼자서

지친 날에는
지나가는 별들을 세며 시간을 보낼 거예요.

바다가 뒤척이는 소리만
들리는 이곳에서.

바다를 사랑한 별

이 별은 저 하늘에서부터
먼 여행을 떠나왔지.
오로지 바다를 만나기 위해서.

별은 바다를 무척 사랑했거든.

바람에 띄워

커다래진 고민들과
잠 못 든 시간을 꼭꼭 눌러 담아

바 람 에   띄 워   보 낼 까 요 .

파
도

너는 나와 많이 닮았구나.
아이는 별을 끌어안고 파도를 이불 삼아 덮었습니다.

○

○

○

이상하게도 더 이상 외롭지 않았습니다.

사막의 장미

"사람들은 저마다
사막 어딘가에 핀 장미를 찾아 떠나."

"그래도 괜찮아.
나는 기다리는 것에 익숙하거든."

비 그친 다음

하늘 너머가
밝아오고 있습니다.

아무리 강한 빗줄기라도
언젠가는 그친다는 것을 알고 있어요.

인형들의 이야기

"그 애와 함께해서 기뻤어."

두 인형은 서로를 바라보며 미소 지었습니다.

꽃
다
발

그 아이는 대답했습니다.

빈 방의 그늘이 모인 곳,
마음속으로 삭인 말들이 흘러가는 곳,

❀

❀

놓쳐버린 꿈들과
흩어진 시간들이 닿는 곳으로
꽃다발을 보낸다고.

문

아이는 조심스럽지만
단호하게 문을 그려나갔다.

아이가 스스로 열 문이었다.

이유가 없어도

그대를 위한 글을 쓰는 데에는
큰 이유가 필요치 않습니다.

볕이 따뜻해서요.

꽃향기가 좋아서요.

그대가 그리우니까요.

바다 위의 노래

나는 멀리 떠날 거야.
이 넓은 바다를 여행할 거야.

석양이 지고 파도에 네 목소리가 밀려오는 날,
돌아와 네게 이야기를 들려줄게.

별무리

너의 우주가 흘러 흘러
여기까지 닿았어요.

나는 배를 띄우고 노를 저어
그 별무리를 지켜보았답니다.

날아가다

마침내
그는 마음속에 품고 있던 새를 풀어주었다.

긴 여정이었다.

찬란한 끝

어둠을 통과했기에 비로소 알 수 있었다.
빛은 이토록 찬란하다는 것을.

어딘가에 있을 너에게

나는 늘 그곳에 있을 거야.

책을 들추고
먼지를 털고
그 안에서 나를 찾아주렴.

웃음소리

저 수많은 별들 중

나의 친구별이 우리를 보고 웃고 있어.

○

○

○

그 웃음소리가 들리니?

빗줄기가 멎어들 때

물속에도

하늘과 별이 조용히 떠올랐습니다.

한참 내리던 비가 그쳤습니다.

특별한 순간

약속해요. 가장 평범했던 순간이
가장 특별한 순간이 될 거예요.

약속

안녕, 이제 가야 할 시간이 다가왔어요.

❧

걱정 말아요.
다시 찾아올 테니.

산책

그 어느 날의 산책을 기억해요.

따스한 햇살과 바람과
이유 모를 설렘과 음악을.

행복

평화로운 오후의 한때.

그 림   같 던   순 간 들 .

고양이의 여행

커다랗고 사랑스런
고양이 친구를 만나기 위해

작은 고양이는
여행을 떠날 채비를 했습니다.

어떤 깨달음

달이 하늘에서 없어지자
사물들은 자기 색을 잃은 채 푸르죽죽하게 변했습니다.

그는 무언가 잘못되었다는 것을 깨달았습니다.
달이 있어야 할 자리는
이곳이 아니라는 것을요.

새싹

수많은 날을 견뎌야
새싹은 비로소 나무가 되는걸요.

바람을 타고

그건
새롭고 신비한 여행이었답니다.

세상은 작은 아이를 위해
크게 숨을 내쉬었고
그것은 바람이 되어
아이를 먼 곳으로 데려다주었습니다.

가보지 않은 길

저 멀리, 가보지 않았던 길로 나아가요.

우리에게 필요한 건
금은보화도 보물지도도 아니죠.

도착할 곳을 알지 못하더라도 괜찮아요.

뱃머리를 돌려 다시 돌아오면 그만인걸요.

잊어버린 꿈

아이는 깊은 잠에 들었답니다.

잠에서 깨어나면 마법이 풀리듯이
아이는 꿈을 기억하지 못할 거예요.

하지만 어떤 꿈들은 잊혔기 때문에 아름다워요.

어떤 기억들은 잊혔기 때문에 아름다워요.

아이는 매일 밤 다시 잠에 들고, 꿈을 꾸고,

깊은 설렘을 가지고 눈을 뜰 거예요.

새벽

푸른빛으로 잠든 세상을
분홍 햇살이 부드럽게 깨울 때,

우린 알 수 없는 감정에 빠져요.

우물

여행자는 그곳에 걸터앉아 생각했다.

이 우물을 처음으로 만들었을 누군가를
그의 외로움을
흩어진 소망을.

하루의 끝

한참을 놀다 문득 고개를 드니
해가 뉘엿뉘엿 넘어가고 있고

그제야 집으로 돌아갈 채비를 하는,
모든 하루의 끝이 그랬으면 좋겠습니다.

너에게

너를 안고 간다면 내가 지칠 테고
너를 억지로 일으켜 가면 네가 지치겠지.

그러니까 기다려줄게.
우리가 함께 걸어갈 수 있도록.

기다림

햇살을 들여다보고

바람을 그리고

풀 향기를 맡으면 결코 지루하지 않을 거예요.

때로는

기다려야 할 때도 있으니까요.

요
정
의
춤

네가 잠들면 달빛 아래 요정들이 춤을 춘단다.
네가 아침에 눈을 떴을 때,

세상이 눈부시게 빛나는 이유는
그 때문이란다.

불시착

나는 가끔 생각합니다.

이 모든 건 내가 낯선 행성에
불시착했기 때문이 아닐까 하고.

꿈의 거리

꿈은 생각보다 가까이 있어요.

우리가 해야 할 일은
단지 손전등의 불을 켜는 것뿐이죠.

평범한 마법

그 순간,
모든 것이 황금빛으로 눈부시게 빛났다.

특별한 일은 아니었다.
화려한 주문이나 마법 지팡이도 없었다.
그러나 그녀는 마법이 일어났다고 믿었다.

회전목마

같은 자리를 빙글빙글 돌아야 한다면
그 자리를 넓혀 커다란 동그라미를 만들자.

우리가 빙글빙글 돌고 있다는 사실을 잊을 정도로.
돌아가는 길이 설렐 정도로.

헤어짐

안녕, 나의 친구.
이건 작별 인사예요.

나를 다시 기억하는 날,
네 곁에 있을 거야.

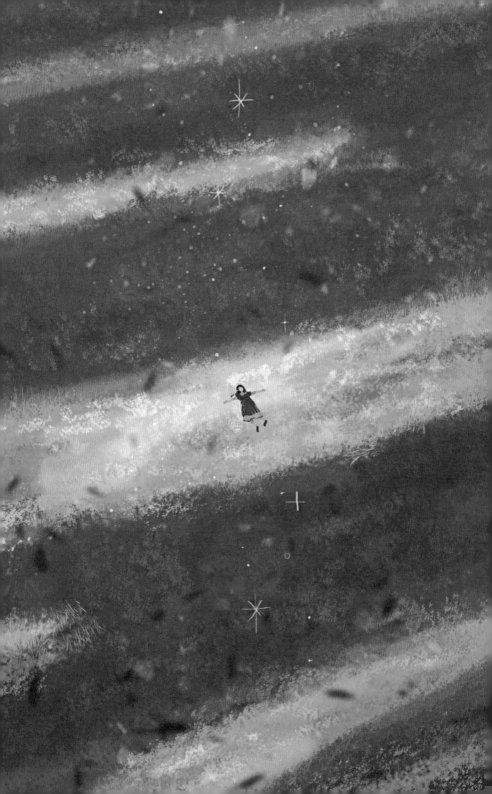

영원

멈춰 있는 찰나의 순간을
영원이라고 부른다면,

우 린 수 많 은 영 원 을 거 처 왔 어 요 .

듣고 싶은 위로

내게 모든 것이 괜찮아질 거라고 말해줄 수 있겠니?

고마워. 그 말이 듣고 싶었어.

꽃

———

분명 아름답게 피어날 거야.
비록 속도는 다를지라도.

너는 꽃으로 태어났단다.

따뜻한 약속

둘은 서로의 눈을 바라보며 약속했습니다.

❄
❄
❄

우리는 다시 만날 거야.
가장 따뜻한 계절에서 기다릴게.

소
원

어떤 계절에도
네가 행복하기를 바라.

추억

외로울 때는 추억을
꺼내보고, 어루만져보고, 다시 소중히 넣어두렴.
추억은 아무리 자주 꺼내도 닳지 않으니까.

이것은 마음속 가장 깊은 곳에서
네게 보내는 노래야.

별
너
머

약속한 우리의 봄을 잊지 않았어요.
나는 이곳에서 씨앗을 심을 겁니다.

다시 만나는 날,
당신에게 건네줄 잎사귀를 가지고 갈게요.

마법

봄이 되면 꽃을 피울 거란다.

☆
☆

이것이 진짜 마법이지.

시간을 걷다

아이들은 사소한 빛 하나라도
허투루 지나치지 않지.

그것이 새로운 길을 발견할 수 있는
이유일지도 몰라.

대화

밤은 춥고 길었지만
나눌 이야기가 많았기에 아득하지 않았어요.

그래서 우리는 밤의 한중간을
걷고 또 걸었습니다.

음악

"어떤 곡을 연주할까?" ♫

"네가 연주해주는 곡이라면 뭐든 좋아."

각자의 영화

멋진 거리와 불빛,
지나다니는 사람들과 음악 사이.

꼭 영화의 한 장면 같다고 생각했어요.

어쩌면 우리는 모두
각자의 영화를 찍고 있는지도 몰라요.

비밀스러운 초대

새로운 곳으로의 초대는
무척 비밀스럽게

예기치 않은 순간에 찾아왔어요.

너와 나의 밤

나는 너의 밤을 결코 모를 겁니다.

하지만 너와 나의 밤이 지나가면
반드시 해가 뜨리라는 건 알고 있습니다.

훌륭한 어른

더 이상 산타가 찾아주지 않는 어른들에게는
크리스마스 이브 밤에
눈에 보이지 않는 별가루가 내려온단다.

산타가 주는 선물 너머,
스스로 행복을 찾는
훌륭한 어른이 되었다는 증표로.

작은 | 곳에도

이곳에도
볕이 들 거라고 말했잖아요.

가로등지기

도시의 꺼진 가로등 불빛을 칠하는 것이
그의 일이었어요.

그는 그의 직업을 무척 사랑했답니다.

봄비

봄비는 가만히 언 땅을 적시고,
씨앗은 자라 푸른 노래를 부르겠죠.

나는 물방울들의 합창에 귀 기울일 거예요.

마음속 아이

누구나 마음속엔 아이가 있으니까요.

그 애를 잃어버리지 않도록
바보 같은 장난을 치고
모험을 떠나고 실컷 웃어보는 거예요.

이
별

하루하루가 이별이라면
그 이별을 가장 아름다운 것으로 만들 거예요.

그리고 새로운 아침을 맞이하면
처음의 설렘을 가지고 인사를 건네겠지요.

느린 잊음

서서히 잊어가는 것은
슬프도록 아름다운 일이었습니다.

끝을 향해

끝나지 않을 것 같던 여정도
끝을 향해 가고 있습니다.

모든 좋은 이야기에는
좋은 맺음이 있기 마련입니다.

가장 예쁜 것

꽃말이 무에 그리 중요할까요.

누군가를 위해 꽃을 준비한
그 마음이 꽃보다 어여쁜데.

일상을 나누다

목소리를 듣고
기억을 떠올리고
일상을 나누며 웃음 지을 때

세상은 한층 더
마법처럼 놀랍고 아름답게 느껴졌어요.

어떤 꿈

어떤 꿈들은 너무 아름다워서
우리가 살아 있음을 일깨워줘요.

우리는 살아 있어요.
아름답게요.

바람

걱정과 달리
네 꿈은 잔잔하고 아름다웠습니다.

나는 이제 더 바랄 것이 없어요.

멀리 멀리

말하지 않아도 알 수 있었습니다.

지금이라면 어떤 소원도
저 멀리까지 닿을 수 있다는 것을.

사소한 대화

"나, 그 버스 정류장에서 날아가는 고래를 보았어."

너는 잠자코 들어주었지.
아름다웠겠네, 라고.

○

○

○

마지막 정류장

아이는 티켓을 내밀었습니다.

"이제 당신의 이야기를 들려주세요."

그곳은 더 이상 마지막 정류장이 아니었습니다.